뿌리주의자

뿌리주의자

김수우 시집

창비

차
례

제1부

제2부

제3부

제4부

제 1 부

칸나, 노란

잊었던 태양신이 도착했다 생선 궤짝 뒹구는 자갈치 뒷길

그는 수척했다 너무 늙었다 하루하루 몸을 입는 일이 비리다

담벼락에 낙서하던 계집애는 이제 장화를 신고 갈치를 팔고 있다

수직과 수평을 다 삼켜버린 저 환생, 친한 듯 오래 응시하지만

결코 알 수 없는 적막의 발치, 쭈빗쭈빗 칸나가 흔들린다

노랗게 거싯물 게우며

피어나는 일이 중력을 경영하는 전부이니, 그저

하강

산당화가 내려앉는다 한때 씨앗 속에 잠든 바다였다 꼼지
락대며

발가락 긴 저녁놀이 내려앉는다 한때 사하라 유목민을 먹
이던

낙타 무릎이 내려앉는다 한때 가난한 외상 장부이던

긴꼬리오목눈이가 내려앉는다 고해성사 같은 정수리 하
얀 깃털

내려앉을 줄 아는 것은 모두 어미가 된다 잘 개어놓은 바
람 벌판에

돌아오는 고무신들 나란하다, 악착같다, 맞절한다

북극성이 끄덕이고 빗자루가 대답한다 서로 닮은 독각불

내려가고 내려가면 히말라야 끝자락 수미산에 도착한다

문어

문어는 늘 하나의 추상이었다
발이 많은 한방울 눈물
다이아몬드처럼 푸른 심해에 떨어져 부드러운 살집을 입은
신의 단호한 눈물방울

눈물은 영원의 톱날
어시장 붉은 대야에 엎드러진 커다란 문어 앞에서
가난이 진화하는 방식을 본다

　신은 애초에 가난한 소년 가장이었는지 모른다 배고프면
자기 몸을 뜯어 먹으며 제 피부로 변장술을 익히며 빨판으
로 복잡한 미로를 통과하며 단백질 코딩 유전자를 확보하며
잘린 뒷발로 생각하며 심장 세개로 피를 푸르게 만들며 바
다 밑을 걸었으리라 여덟개 맨발은 바닥을 향해 자꾸 길어
졌을 것이다 뜨거운 빨판으로 청동 문짝 같은 바다를 끌고
갔을 것이다

　빨판은 누군가 판각한 외딴집 한채, 한때 고생대 곤충이
었던 한때 난해한 방언이었던 꿈이 들어앉았다 한번도 치명

적이 되지 못한 억년 몽유병이 멸종을 견디고 있으니, 억울
해라 억울한 사랑이구나

느슨한 내 지옥에 삼엽충들 기어든다
모든 심장마다 진화한 문어가 살고 있음을 안다
기해년에 태어나 다시 기해년에 서서야

험준한 고독으로 푸른 먹물을 길러낸 저 눈물방울

뿌리주의자

내 방 안에 또 하나의 방이 있다
참외 장수였던 영혼이 참외를 노랗게 쌓아 올린다
한칸 더 들어가면
우주로 나가는 녹슨 문고리가 보인다
엉겅퀴, 아픈, 아프게 붉은

내 사랑을 시적 장치로 삼지 않고
변명과 핑계를 암탉처럼 기르지 않고
합리를 사악한 헌금처럼 뿌리지 말고
내 절망을 온실에서 키운 튤립으로 팔지 말고
그저 그대로 죽자

늙은 쥐가 오래된 도시에 알뜰하듯
기우뚱한 허공을 키우는 거미는 빈방에 최선이다

방 안의 방 안의 방 안의 문고리를 잡는
노동, 고무대야 상춧잎같이 무심한
성실, 거친 우연에 찌글찌글 몸을 푸는
안개, 플라스틱을 삼킨 앨버트로스를 어떤 것에도 비유

하지 말자
　말자,
　말자

　방은 수직도 수평도 아닌 최초의 연민
　병든 혁명과 싸우는 데 어떤 이론도 소용없고
　찌든 냄비를 닦는 데 낯선 방정식은 필요 없고
　소금기 많은 눈물을 기억하는 데 값싼 모방은 독초이니
　삶은 어금니와 송곳니로 마시는 맹물이니

　내 방 밖 또 하나의 방이 있다
　그릇 장수였던 영혼이 유리그릇을 높다랗게 쌓고 있다
　백년 내내 꿈속에서 길을 잃는 카프카처럼
　한번도 죽은 적 없는 빗방울처럼
　엉겅퀴, 뻔뻔한, 뻔뻔하게 붉은

소금 엽서

오늘도 엄마는 바다를 말린다
오징어도 가자미도 펀펀한 후박나무 잎새로 만들었다

용왕을 섬기던 엄마가 쌓는 유일한 경배
고기떼도 소용돌이도 한장 엽서로 만들어버리는
엄마의 능력은 바다 허파로 숨 쉬는 일
벵골만에서 부친 심해 안부를 읽는 일

너를 기다리는, 신성한 푸른 층계를 잊었니

오징어와 가자미를 널다가
답장처럼 물끄러미 반달을 바라보는 엄마
그때 바다는 혼자 저승처럼 깊어진다

물기 많은 햇살에
투명한 살점과 가시를 드러내는 영원

절뚝절뚝 걸어가는 물기둥을 잊지 말아라

숙명이 아니다 선택이었다 엄마의 때 묻은 노동
보이지 않는 삼천하늘을 몸으로 관통하려는
소금기 많은 사랑은
늘 안부에 그친다
밥주걱도 보름달도 관절염도
비린 엽서 밑에서 납작납작한 글씨가 된다

글썽이는 그물코 사이로
꾸덕꾸덕 말라가는, 긴긴 바다의 계단들

하필

　문자가 왔다
　몇달 시를 배우다 연락 끊긴 경조씨가 하늘로 떠났단다
　근육병 앓던 장수씨 첫 시집 나오고 열흘 만에 흙이 되었
단다
　하필, 하필

　오른쪽 왼쪽 구두처럼 두개 부고가 동시에 도착한
　순간, 무명 시인 두 죽음이 총성같이 나를
　뚫는데, 처음 본 몰티즈가 종아리를 물었다
　시의 이빨이 박혔다
　벼르고 벼른 듯
　죄를 묻는 그 뾰족함, 그 증발, 그 입체성

　노을이 왈칵 쏟아졌다
　파상풍을 걱정한다 시를 떠났는가 시에 도착했는가
　절룩거린다 어느 하늘까지 날아갔는가
　소독약을 바른다 어디쯤서 바리공주와 마주쳤을까

　백살 넘은 사람처럼 웃던 그들은 눈치챘던가

생이란 시커먼 멍이 잉크처럼 묻어나는 비밀 편지임을

감염된 순례들은 보이지 않는 데서 분열하며 뭉치가 될까
저 혼자 금 가고 저 혼자 아무는
바람의 건반들
향불도 없이 시의 그물눈들 어질어질 허공을 잇는다

파상풍 주사를 맞았는데도
이빨 자국 선명한 피멍은 며칠째 부어오르고

하늘 아래 누군가 시를 쓰고 있었다

해골

신에게서 받은 외투는 어디엔가 벗어주고
누군가의 슬픔을 입고 다닌다
마지막 피 한방울까지 잉크 삼아 긴 편지를 쓰고 나니
고향 가는 길목은
좁쌀풀투성이다
보스락보스락 먼지가 되는 가장자리
깨어진 발톱들이 빛난다

아무나 해골이 되는 건 아니다 훈련이 필요하다
순간순간이 종점임을 믿는 빈손 학습

덜거덕덜거덕 모험을 큰 구두처럼 끌고 가는
두개골은 삼류 배우 같다
이것이 당신입니까 무심히 놓인 늙은 가위에게 물었다
나의 영혼은 회색 재를 먹고 살지요
그럼 이것이 당신입니까 모서리 닳은 시집에게 물었다
나의 예언은 고깔을 쓰고 있지요

외려 버려진 병뚜껑들이 먼저 해골을 이해한다

죽음을 소명으로 삼은 돌개바람이 녹슨 검법을 이해한다

슬픔을 지킨 자만이 제 밀밭을 가꾸는 것처럼
숙성된 고통만이 빗장뼈를 지닐 수 있으니
긴 편지를 쓴 자만이 진검을 믿어
불꽃 사다리 오를 수 있으니
심장이 검은 잉크로 가득 차고서야
시가 태어나는구나

대지를 임신한 해골은 등뼈를 높이 세운다
눈꺼풀이 떨린다

봉래산 마고

홀로 되고서야 연필로 쓰던 집주소가 생각난다

맨땅에 쪼그리고 앉아서야 기웃한 의자가 보인다

떠나고 나서야 구석구석 묵은 멍들이 선명해진다

갈 길을 잃고서야 낡은 수첩 속 빽빽한 약속들이 생각난다

이방인이 되어서야 봉래산 할매바위를 기억한다

풍경이 낯설어지자 익숙해지는 귀신들

돌아서는 모퉁이마다 수평선이 있었다 돌아 나오는 흰
여울

그물을 깁던 가난한 마고들, 어깨마다 햇미역 수북하다

오래된 슬픔을 걸치고 아직도 키가 자라는 영도 봉래산

기슭마다 물고기들 퍼덕인다 시퍼런 비탈이 그물을 친다

낡은 뉴스 덜컹대는 산복도로 마을버스 안

홀로 되고서야 잎눈 돋는 곳곳이 고향이었음을 안다

제의(祭儀)

삐뚤빼뚤 붙은 아홉 슬레이트 지붕 끝
공동변소 앞은 수돗가였다
함께 똥을 뭉개면서도 매일 양동이 싸움박질이었다
못생긴 양동이들 긴 줄 앞에서 삿대질은 고래 꼬리지느러미처럼
솟구쳤다 삶이 파도임을 그때 배웠다

싸우다 머리끄덩이 오지게 잡힌 다음 날
아침엔 용왕을, 저녁엔 마고할미를 섬기던 엄마는
공동수돗가 앞에 굿판을 차렸다
좁디좁은 골목에 떡이 몇켜 쌓였다
마른 북어들도 죽지 않을 것처럼 왁왁거렸다
무당은 칼끝으로 엄마를 함부로 찔렀다
엄마 무릎에서 커다란 물고기가 떨어졌다
무당이 펄쩍거릴 때마다 돌아온 생령들이 거미처럼 쏟아졌다

대나무 조릿대에선 재가 날렸다
누구의 재일까, 곰곰 생각 중에 비늘은 살갗에 붙었다

24

우리는 반짝였다 죽은 자들 사이에 슴벅이는 목숨은 진지
했다
　무당도 울고 엄마도 울었기에
　눈물은 물고기가 되어 바다로 갈 것이 확실했다
　엄마의 제사, 하필 겨울이었다
　겨울인데도 분꽃 씨앗들이 부푸는 중이었다
　봄이 오면 나는 삼학년이 될 참이었다

　수십 겨울을 넘었어도 양동이만 보면 줄 세우고 싶은 하루
　엄마가 빌던,
　무당이 놀던,
　뛰어넘기에 나도 열중한다
　발아래 천길 낭떠러지가
　나를 바라보고 있다

변신 이야기

남부민동 산복도로 골목
점집 간판이 많다
신을 닮은 먼지들과 먼지를 닮은 신들
천궁으로 갔다가 용궁으로 갔다가 아씨가 되었다가 할매
가 되었다가 보살을 부르다가 도깨비를 부르다가
몸을 바꾼다

장롱 밑에서 찬장 속에서 까치발 한
흰 먼지들,
언제 어디서나 부푼다
피란민 꿈속에서 앉은뱅이책상에서 깨금발 뛰던
푸른 먼지들,
마을버스에서 구멍가게에서 오늘도 구르며
집세를 걱정하고 곰팡이를 걱정한다

확, 걸레질로 닦아내도
다시 차곡차곡 내려앉는 저 기도들
걸레로 변신한다
닦아낸 자리마다 맴도는 저 신앙들

비딱한 봉창으로 변신한다

　설화신궁 도깨비동자 용왕장군 아씨당 불사대신 천상선
녀 작두장군 백궁거사 천궁도인 천상대감 이화보살 할매당
약명도사 애기설녀

　흩어지며 뭉쳐지며
　옹기종기 모여 앉는 탯줄의 이름들
　부러진 젓가락 같은 질문이 된다
　오늘도 살아 있냐고

흔들의자

돌아가자마자 흔들의자부터 사야지
언제든 앉으면 저절로 흔들리는 의자
달개비같이 서러워도 한순간 심연이 되는 의자
거미줄처럼 복잡해도 단박에 고요해지는 의자

쿠바는 흔들의자였다
집집마다 제단 같은 흔들의자가 있다
칠이 다 벗겨진 가난 앞에도 두개씩은 꼭 놓였다
튼튼한 것도 삐걱이는 것도 있지만
발이 많은 틈들이 거기 앉아 흔들거렸다
삶의 무게들이 그네를 탔다
흔들흔들 의자에서 자라는 춤과 노래
의자 가득 하느님들이 술렁이는구나
하느님은 춤을 추는 자
흔들의자는 야릇한 신성을 기르는구나

흔들리지 못했다 노래가 된 적 없다
바다를 입은 파도처럼 산그늘 입은 후박나무처럼
흔들자, 흔들리자

죽음도 삶도 모두 춤이어야 하니
죽은 자도 산 자도 출렁이는 빗방울이어야 하니

십년을 돌고 돌면서
아직도 사지 못했다

낡은 제단에서 태어난 하느님들
아직도 나를 기다리고 있을까

겹

쓰레기통에서 날아오른 검은 비닐의 춤처럼
자유를 찾아다니는 화살처럼
최초의 얼굴이 도착했다 가난을 업고 온 커다란 고요
바지 자락에 딸려 온 백악기 도꼬마리 씨앗이
먼 길을 보여준다

자기장 밖을 사유하던 그는
늑대와 놀던 시절을 지나
청동 방울에 귀 기울이던 마을을 지나
이젠 당신의 가난을 사유한다
영도 산복도로 플라스틱 텃밭
이끼를 먹고 살던 시베리아 순록이 돌아본다

봉래산 할매바위가 빈집의 안부를 물을 때마다
사막이 된 영혼이 돌아오고
바다가 된 영원이 글썽이고
산맥이 된 두개골이 퍼덕인다
뒤적일 적마다 혓바닥과 눈알이 튀어나오는 바람의 일기장
늙은 미래도 어린 과거도

서로 낙엽이 되었다가 다시 서로를 낳아준다

당신을 사유하던 부활은
딱 당신의 키만큼 날아올랐다 내려앉는다
참새는 구름을 의심하지 않아
돌복숭은 눈물을 시험하지 않아
텃밭엔 가난해야 할 이유들이 뚜벅뚜벅 피어나는구나
몇년 굶은 예언자가 절대 팔지 않은 고독, 저 왕관들

태어났든 태어나지 않았든 길이 멀든 가깝든 분자든 원자든

가난은
수천수만겹으로 되어 있다
비옥한 고요로 되어 있다
스스로 죽고 스스로 깨어나는 허공, 척추도 없이
당신을 다시 업는다

선생들

몰래 이빨로 웃는다
태어나는 순간 자신이 섬임을 알았던 두개골들
세이레에 사방이 북쪽임을 믿었던 갈비뼈들

슬몃 웃고 씨익 웃고 먼저 웃는다

배고파 죽고 매 맞다 죽고 다시 배고파도 다시 매 맞아도
웃는다 바람답게 먼지답게
파미르를 걸어 경전을 얻어 온 혜초처럼
아침마다 달강거리던 지상의 밥그릇처럼
안개를 붙들고 집을 짓는 거미처럼

목숨 건 사랑이 이빨 조각에 불과해도
수백 전생이 실금 많은 유리창처럼 얄팍해도
평생 기댄 하늘이 발목 뻰 허수아비라도

죽은 자들 사이에 누워 있던 어둑서니들
산 자들 사이에 엎드린 앙상한 돌미륵들
돌아갈 곳 없어도

도둑처럼 일어서서 최초의 발소리를 내는구나

부추꽃처럼 새하얗게 소리 없이

아직 태어나지 않은 웃음이 웃는다
볼품없는 콧구멍으로 무수한 벼랑을 들이쉬며
쾡한 눈구멍에 풀무치를 기르며
쑥부쟁이처럼 따뜻하게 빛나는 법을 가르쳐야 한다

모든 해골은 선생이기 때문이다

허리 디스크

자세가 잘못된 까닭이라며
의사가 꼬리뼈에 주사를 놓는 순간
눈물이 솟구쳤다
그랬지, 꼬리뼈가 있었지
까맣게 잊어버렸던 원시를 발견한다는 건
중음천에 당도한 만큼이나 당혹스럽다
자세가 비뚤어졌다는 건
꼬리뼈가 휘었다는 건
걷는 것도 앉는 것도 엉망이었다는 말
믿음도 절망도 기다림도 엉터리였다는 말
꼬리뼈가 휘어
내 책상과 내 도시, 내 혁명도 저리 비틀어졌던가
어정어정 걸어가는 한마리 말뚱게
부끄러워라
병원을 나서서도
이상하게 눈물이 멈추지 않아
핑계를 찾아본즉
나 때문에 백두대간 허리 디스크가 심하다는 것이다
평화에 닿기가 부지깽이가 걷는 일보다 어렵다는 말이다

제 2 부

아침

깨진 플라스틱 화분에서 겨울을 버틴 어린 동백을 아침이라 부르자 '옥황장군' '용궁대신' '서보살' 점바치 골목 간판들을 아침이라 부르자 누군가의 가난, 누군가의 혁명이 네 거름이었다면
　그래 거기를 아침이라고 부르자

아미동 비석마을 담벼락에 쌓인 박스들도, 빈 가게를 지키는 금 간 간판도, 돼지국밥집에 노동자들 몰고 들어서는 저녁 바람도, 아득한, 아무리 걸어도 바닥 닿지 않는 어둠도
　아침처럼 대답할 것이라

슬프면 돌아오고 있을 사람을 생각하고 그래도 슬프면 그의 지팡이를 기억하고, 아프면 백과사전에서 폭탄먼지벌레를 찾아보고 또 아프면 해부학 사전도 뒤적이고, 힘들면 순간을 그 압축을 보고 더 힘들면 영원을 그 팽창을 보고

막다른 골목에 무료로 배송된 붉은 단풍잎도, 바벨탑에서 떨어진 시인의 가난한 골절상도 다 아침이라고 부르자 아침이라는 호명으로

우리가 아침이 될 수 있다면

긴 죽음에서 돌아온 듯 문득 눈 뜨니
창틀마다 아침이 꽂혀 있다 단검처럼

감자 싹

　암흑에서 암흑으로 팔을 뻗는다 철갑상어를 상상하면서 발가락을 내밀었다 마른 눈꺼풀을 깜박인다 거대한 폭풍이 숨어 있는 작은 행성에게 어둠은 언제나 문이 된다

　부엌 베란다에 던져진 채 겨울을 났다 검은 봉지에 갇혀 봄을 맞았다 잊혀 상실조차 귀찮아진 쭈글쭈글한 시간으로 완성된 푸른 멍, 하지만 한번도 눈 감은 적 없다 늘 눈시울을 떨었다 생명은 상상이 아니지만 상상은 생명이다 꿈이 변형된 적 한순간도 없다 꿈꾸다 감자알로 태어났다 팔려 검은 봉지 속에 잊혔으나

　걸어온 갈림길 다 기억하고 있다 저에게 걸어오던 참죽나무와 진눈깨비를 기억한다 천천히 다가와 산맥이 되던 바람들, 무릎 아래 엎드려 강물이 되던 창문들, 길을 기억한다는 건 독을 갖는 일, 모든 기억은 예언이다 모든 것을 견디게 하던 협수룩한 예언 솔라닌, 잊힌 사람은 결국 감자 싹을 닮는다

　푸른 발톱을 세운다 검은 비닐 안에서 강인한 혀를 내민

다 천천히 걷는다 그에게 걸어왔던, 모든 길을 따라가는 중
이다

약력

소스라쳤다 비늘 몇닢, 새벽 시장 버스정류소 발치에 반
짝인다 밤새 날아온 고흐의 부호, 신의 허파를 닮은 마야문
자처럼 단단하다 지느러미 퍼덕인 자리, 해석할 수 없는 반
점들이 돋는다 징 소리가 번진다 깊다 춥다 머나멀다 수억
년 바다의 약력이 성실하다

동심원이다 비늘마다 빛나는 수천수만의 겨울, 몇달째 이
력서만 쓰고 있는 젊은 아비의 보잘것없는 나이테가 짜다
푸르다 아슬하다 빗방울 촘촘, 햇빛 촘촘, 비늘 하나에 어림
잡은 것들이 소용돌이를 드러낸다 버려졌지만 스스로 빛날
수밖에 없는, 꾸다 만 꿈들이 아직 푸득푸득 살아 있는

심해,
몇줄 성긴 이력서로 우주에 안부를 띄운다

가오리

결백을 증명해야 했다 살아 있음을 증언해야 했다 고무장화처럼 걸려 있어도 뼈와 날개를 가진 바다를 증거해야 했다 어리석은 길가메시들에게 심연의 계산법을 외쳐야 했다 몰락하는 법을 속삭여야 했다

슬픔에 자꾸 기울던 고장난 저울, 계단참에 쭈그린 채 기침하는 몽당허깨비, 톱날 감옥에서 자꾸 부활하는 햇빛, 불투명한 유리컵 속 늙은 양파가 그예 내미는 푸른 촉, 바다 밑층에서 너무 오래 기다리는 죄 없는 것들을 기억해야 했다

부재로 존재를 내미는, 불행으로 행복을 확인하는, 죽음으로 삶을 확신하는, 마른손으로 꿈을 적시는, 갈고리에 묶여 자유를 토하는, 얄팍한 몸통으로 두꺼운 거짓말을 뚫는,

그래서 건조대에 매달렸다, 꾸들꾸들
쩐 내 나는 묵시록이 되었다

빚을 견디는 법

  옥수수가 익는다 빚이 빛으로, 빛이 빚으로 치환되는 돌
비알, 옥수수는 잠언처럼 익어간다 빚이 늘고 빛이 늘고 그
예 늪이 되어도, 시글버글 옥수수 익어간다 길 잃은 빙하처
럼 빛이 수상해도, 옥수수는 입술 물고 익어간다 옥수수에
달린 무수한 창문들이 익어간다 빚을 갚아야지, 부득부득
가계부채 익어간다 오줌 방울도 줄방귀도 익어간다 한 소쿠
리 빚처럼 칸칸이 익어가는 우레, 오른발이 빚이고 왼발이
빛이라 옥수수는 길을 낳는다 빚과 빛 사이에 걸린 늙은 매
머드가 허공을 업고 절뚝거린다

  부은 관절마다 수억년 비밀, 알알이 달고
  한사코 사랑이라 우긴다 한사코 익어간다

안개 손톱

건물 안에서 길을 잃었다 동무를 찾고 있었다 보이지 않
는 나비들이 이마에 부딪쳤다 걷힌 줄 알았던 안개는 옆구
리에 바싹 붙어 있었다 애매한 형용사들이 무더기로 피어
있는 남향 복도, 조심조심, 낯선 액자가 걸린 낯선 화랑들이
삐걱거린다 생강꽃 같은 동무 이름을 불렀다 사건을 지우러
다니는 게 아니야 명명백백 말하는 중이야 영도다리를 건너
오는 마고할미의 대답, 과연 식물채집 하는 아홉살 손톱 밑
풀색이 비리다 톱니에 끼인 이주 노동의 손톱 멍이 검다 온
몸 세우던 그림자의 손톱이 뭉툭하다 함부로 쌓인 손톱들
속에 손톱 없는 절망이 뾰족하다 안개 속에서 오히려 투명
해지는 손톱들, 누구지? 중음천이 자욱한데 마고 손톱을 가
진 늙은 안개는 더 큰 건물을 짓는다 윤곽들이 지나간다 생
강 냄새가 났다 동무의 흰 운동화가 보이는데

대출계 직원이 소득증명서를 들고 내 이름을 부른다 손톱
이 아프다

등짝

당신의 등에 숲이 있다 수백년 잠들었던, 수천년 깨어나던, 수억년 서성이던 기슭이 우거져 있다 낙엽송 갈잎 사이로 사물사물 길이 흐르고 바큇자국 선명하다 바람이 엉겨자란 고요, 잎새 하나 흔들린다 지구 저쪽까지 번져가는 적막, 거기서부터 무당벌레를 닮은 무극(無極)이다

중앙역 5번 출구, 지하도 계단참 새파란 간이 의자, 맹인 아저씨가 종일 점을 친다 그의 눈은 늘 명왕성을 지킨다 그 앞에 심각하게 엉킨 실타래를 풀어놓는 여자, 마땅한 신비들이 도랑도랑 흘러간다 마주 앉은 두 사람 등에 매달린 거대한 허공, 고생대 식물이 타고 오른다

누군가의 등에서 당신이 돌벼랑을 읽듯
당신이 보지 못하는 당신 등짝에서 누군가 창세기를 읽는다

단추를 달다가

호세 마르티에게

　단추를 달면서 꾸부정한 어깨에서 종려나무가 자라고 있음을 알았다 따각따각 말굽 소리를 내는 단추, 죽은 영웅들이 돌아오는가 제국과 싸우는 일은 바람의 연대기만큼 고독하다 백년 넘도록 마른 잎맥들이 길을 낸다 자유의 근육이 보이는 유골들, 그 몰락을 꼼꼼히 따라가면 구름의 뿔이 드러난다 땅끝에 서본 사람들만이 돌아올 줄 안다 지상의 가장자리로 달려가던 말발굽은 세상의 단추가 되었다 모서리 없는 소파에 앉아 말의 눈동자를 옷에 단다 모든 추방은 우주를 기억한다 돌아오라 돌아오라 기억의 말발굽을 따라 종려나무가 자란다 바람을 단단히 여민다 파도를 촘촘히 여민다 여밀수록 투철한 기다림이 일어선다 아바나에서 단추를 단다 잘 꿰이지 않는, 언젠가는 꿰일 별을 단다

　말굽 소리, 실밥에 매달린, 다시 전장을 울리는
　적은 화폐, 화폐의 제국이다

대추꽃

할아버지가 심었다는 늙은 대추나무
통통통 붉은 대추 줍는 손녀들 발자국마다 빛방울이 튄다

할아버지는 흰 대추꽃을 닮았다
어느 결에 피었던가 소문도 없이 꽃자리들, 영글었다

사막 아이들도 대추야자를 물고 놀았다 팔레스타인, 사하
라, 그곳 할아버지도 굽이굽이 대추나무를 심었다 메마른
황야에서 대추를 딸 손녀들을 믿었다 심는 것은 믿는 것이
다 죽은 뒤에 마주 보는 충실한 약속

대추꽃은 신을 닮았다
보이지 않는 꽃자리들, 어느 결에 지면서 사람을 믿고 있
었나

백살 대추나무 아래 영그는 햇빛 달빛, 굽이도는 할아버
지가 굽이굽이 준비한 유품이다 믿는 것은 심어야 한다 할
아버지가 심은 것은 제물(祭物)의 허기를 채우는 붉은 독경

신은 두엄 내는 할아버지를 닮았다 보이지 않는 밤과 낮을 예비한다
  신들에게 피고 지는 법, 기도하는 법, 기다리는 법을 가르치던 아득한 할아버지

  대추 줍는 아이들은 읽어낼까
  어느 결에 피고 진 어느 결에 지구를 밝히고 떠난
  흔들리는 영원의 속눈썹을

실,업

　우글우글 손이 넘쳐 돌아다닌다 발이 남아 돌아다닌다 분노도 권태도 이별도 미끌미끌 떠돌아다닌다 귀도 입도 약속도 미세먼지가 되어 가라앉았다 떠오르고 다시 가라앉고 다시 떠오른다 남아, 남아, 풀렁거리는, 나뒹구는, 눈도 없는 몽둥발이 귀신들

　아는 가난과 모르는 가난이 좌판 밑에서 수군거린다 낯선 그늘과 익숙한 그늘이 나란히 다리를 꼰다 업보를 잊었다는 건 사실이 아니었다 늙은 슬픔과 젊은 슬픔이 똑같이 낚싯대를 메고 방파제로 간다 영혼이 일할 곳을 잃었다는 건 소문이 아니었다 비닐 앞치마를 두른 일상이 불량 빵가루처럼 흩어져도

　모든 페이지가 나비가 될 때까지 살아남아라 살아남는 게 업이다
　미끌미끌한 업을 찾아다니는 저 앙상한 업보들
　실,업 시대
　유쾌한 자본주의는 플라스틱을 팔아 돼지 간을 사 먹는다

틈

흙으로 구운 나귀 한마리 길 잃은 카프카처럼 내게로 왔다

북아프리카 모래숲에 서 있던 진지한 똥고집 다시 마주
친다

제 몸 흙과 내 몸 흙이 함께 바오바브나무를 키웠던 적
있다

내 안 바람과 제 안 바람이 같은 바다 위를 불었던 적 있다

한발짝 어긋났는데 긴긴 미로를 걷고 있는 회색 발목들

쥐부스럼 긁으며 목각인형을 깎던 흑인들의 안부 한줄기

사하라 낯선 마을 담벼락에 서 있던 어리석음 그대로

우두커니, 우두커니

내 책상에 녹슨 닻을 내린다 억울한 꿈들, 끝까지 꾼다

구름의 도시

피할 것 많은 도시에서 우리는 늙는 중이다 피할 곳 없는 소음은 늘 테러이다 손해 볼 줄 모르는 시민들은 갑옷 위에 갑옷을 입는다 매일 손해만 본 사람들은 바람이 되는 일에 종사한다 뉴스들이 은박지처럼 구겨지고 있었다 배기가스가 덮어버리는 말과 말의 철조망

슬픈 사건은 아는 체하지 말자 건물 사이로 비친 그림자들만 골똘히 응시하자 폐허가 된 영혼들이 수군거리며 지나간다 평화, 평화, 한번도 손해 본 적이 없는 입안에서 평화가 죽어나간다 손해 볼 능력이 없는 시민들은 바쁘다 모든 물음은 제 꼬리를 물고 답을 뱉는다

개새끼라 욕하고 돌아서서 운다 우리는 수천번 굴절된다 구름은 빠른 속도로 도시를 씹었다 뱉는다 가깝고도 멀고 빤한데도 만져지지 않는 축복, 늘 반쯤 곯은 땡감처럼 뭉그러진다 손해를 볼 줄 아는 사람들은 민달팽이가 된다 느릿느릿 면도날 위를 걸어간다

오늘은 구름 밑으로 가자 구름인 척하자

자기 뇌를 먹어치운 멍게처럼 앉아 있자

환멸문(還滅門)

부산역 앞 화단에 어색한 산수국처럼 피어 있기로 합니다

우표도 없이 도착한 삼류 시집처럼 오래된 기침을 삼킵니다

돌아온 모세처럼 계명을 선포하지만 쓰레기를 치울 길이 없습니다

어디로 흘러야 할지 모르는 플라스틱 바다, 내 방으로 넘칩니다

태초의 언약을 기억하는 제사장처럼 고개를 갸웃댑니다

가난한 사람들의 가슴에만 뿌리내리기로 결정하는 만행(萬行)

다시 플라스틱 의자에 천존대왕처럼 앉아 있기로 합니다

보험을 믿지 않고 멸종되었다는 크낙새를 믿기로 작정합

니다

지옥은 한 깊이 꽃받침, 끝까지 눈물을 사유합니다

제 3 부

고무발가락

당신은 수시로 발가락을 뽑아 나누어준다
아침에도 발가락 하나 가난에게 건네었다
빵을 살 수 있을까
어제 해거름에 두개나 뽑아 목발에게 주는 것을 보았다
발가락 뽑는 당신, 찡그리고 살짝 눈물 고이다가
뿌욱, 뽑아내면 얼굴은 금세 환한 햇무가 된다
손 흔드는 앙상한 습관은 당신만의 문법인가
하룻밤 지나면 당신은 해맑간 이마로 절름거린다
이틀 지나면 발가락이 반쯤 자랐다고 허풍이다
당신은 왜 고무발가락이야? 물으면
내 어머니도 내 할머니도 고무발가락이었어
우린 모두 파라고무나무로부터 왔지
밀림의 영혼 너도나도 고무발가락을 가지고 있지
곰보딱지가 된 평화가 내미는 고무발가락
헐렁헐렁 휘어지는, 그 생명의 소인(消印)은
오래 기다린 사람의 숙성된 고독
아무리 뽑아내도 몰래몰래 자라는 혁명
잊는 게 중요해 뽑아준 걸 잊어야 해
까맣게 잊지 않으면 새 발가락이 자라지 않지

핏물 비치는 뭉툭한 자리가 귀신고래가 살던 남태평양이야
새살 차오르는 물방울이 내 기도가 살던 방이야
아, 그 패랭이꽃 흔들리는 슬픔
평화가 아들을 낳는 중이야

이승잠

미음 몇술 뜨고 진통제를 삼킨 엄마
금세 곯아떨어진다
어둠을 밝은 데로 끌어내리려는 듯
입을 벌린 채 동굴처럼
벌어진 목구멍으로 매화가 피어난다
바람 한점 없는 암병동 침상에서 홀로
한 꽃 떨어지고 한 꽃 터진다

가슴팍 두개의 낡은 창고엔
여든여섯 갈피 봄, 여든여섯 굽이 매화숲이 살고 있는가
덜컹대는 문짝 찐득찐득한 그리움을 밀고
돌아오는 매화, 돌아가는 매화
사랫길 아득하다

조심조심 노동의 담장이 허물어진다
먼지의 고집을 닮은 엄마의 창고는 전부가 문이었다
첫사랑을 오래 연습해온 모양이다
풀거미에게 혼자 젖 물리던 날들
그렁그렁한 눈물로 새벽달이 서성인다

기어이 바닥을 짚었는가
창고는 헝겊 주머니가 되었다
이승잠 속에서
하루하루 고요해라
환해라,
일곱 남매 악착같이 빨아댄 젖멍울
투정 많은 세상에 아직 물리고 싶은 걸까
창가에 매화 날린다

중얼중얼

양파 두이랑 심으면 양식을 구할 수 있을까
산양 한마리 사면 새 운동화를 살 수 있을까
중얼중얼
시골로 들어간 농업신의 경제학

양파 두이랑은 이만원어치가 되었다
오백 밀리에 오천원 양유는 사는 이가 적었다
그예 통장이 비었다
그래도 중얼거린다
양파는 양파답게 산양은 산양답게 자랐으니
고마운 일 아니냐고

다시 고구마를 심는다
병아리를 키운다
고구마가 고구마답게 자라는 것
병아리가 병아리다운 이상 무엇을 바랄 건가

바라는 것 없으니
순간순간이 완성이라며

중얼중얼
농업은 계속된다

서른살 상병씨가 쑥풀을 베어 나른다
시푸르게 물드는 중얼중얼
신들의 아버지가 되어가는 중이다

단풍 씨앗

오랜 비밀이었다
날개가 달린 집을 갖고 싶었다

자갈치 바닥에 쏟아진 비늘들
하루하루 대책 없는 광장과 골방에서 날린 깃털들
종일 일하고도 배고픈 작은 낮달들
방울 소리를 낸다

순간의 갈퀴처럼 공중에 길을 내고 싶었다
돌아오라 돌아오라 부탁하는 메아리처럼
한해 내내 날아오던 부고들처럼
광막한 고원을 가로지르는 한줄기 전선처럼

배낭 가득 구름을 모았다
내 편이라 믿었던 허공 뒤꼍에서 물들며 흔들리며
오래 날개를 길렀다
잎새마다 잔뜩 매달린 삼천대천

도착할 수 없는 적멸을 찾아가던 토끼잠들,

그림자도 없이 우주 사다리를 오른다
다친 발꿈치로 바람을 탈 수 있을까
짜부라진 길눈으로 춤을 출 수 있을까
가벼워라 가벼워라

날아간다, 사억년을 넘는 프로펠러
모든 날개는 기도 주머니이다

물꽃 아래

일 톤 트럭에 실려 온 도다리 이십 킬로, 저울에 올라갔
다가
수족관에 쏟아졌다 퍼덕였다 미끄러졌다 첨벙거렸다
풍덩, 흘러넘치는 물꽃

하얗게 물꽃이 진다
꽃대가 우무럭거린다 꽃눈이 끔벅거린다 잎새가 시무룩
하다
잊을 수 있는 허무도 잊을 수 없는 문장도
먼 나라 눈송이처럼 아스라하다

먹먹하다 링거 줄에 걸린 환각도
카드 빛에 담긴 내일도 이교도 같은 분노도 잠잠하다 희
미하다
막막하다 최면에 드는 등비늘, 거품이 사그라든다
물꽃 아래 까마득
길이 가라앉는다

민낯 세운 기도가 아무리 팽팽해도

저 도다리들, 바다로 돌아갈 수 없다 결단코
주머니 속 자본주의처럼

작은 가방

한번도 환상을 꿈꾼 적이 없었다 주인과 다르게
가방은 혁명을 살았다 주인과 정말 다르게

뼈도 근육도 없지만
심장이 튼튼한 가방은 공사판이건 버스 안이건 최선이었다

대도시 틈바구니에서 살아남은 고양이보다 똑똑했다
몸통으로 이해한 단어 두개
'하염없이'
'가까스로'

허둥지둥 양식을 벌었다 손 있는 척, 발 있는 척
면장갑과 단팥빵 옆에서 침묵은 칼날이 되었다

넘어지기도 일어서기도 문턱에 주저앉기도 하면서
뿔을 만들었다 세울수록 뿔은 뭉툭해졌고

가끔 반짝일 땐 생명에 충실한 노인처럼 고집을 부리기도
했다

무료배송되는 저 단풍잎도 옥수수로 만들었다고 믿으며

환상이 모두를 견뎌내는 방식이라는
환상을 버린 가방의 철학

간절한 것들은 부사에 의존한다 주인과 다르게
참회하다가 반달의 눈물을 보았다 주인과 정말 다르게

어느 날 폐기물 자루에 처박힌 비닐 가방, 물렁한 유골에서
군인같이 일어서는 두 단어
'하염없이'
'가까스로'

비탈

미끄럽다 찢어진다
평지에 서보지 못한 발목들이 엎어진다

내가 버린 쓰레기들이 수평선을 넘어간다 동서남북에 산
불이다 몇달씩 타오른다 미얀마 청년들은 암흑과 싸우는 중
이다 피가 터진다 거북이 배 속에 구겨진 페트병이 가득하
다 빙하가 허물어진다 폭우와 폭염과 돌풍과 가뭄, 저 순서
가 없는 불화들 고압선마다 걸린 무수한 갈고랑이들

창문을 깨뜨리던 무수한 돋보기 현미경들
우리 안의 가파른 사선은 읽지 못했다

짐승의 내장을 닮은 천민 자본은 비탈을 오르려 발악이다
평민 희망은 비탈을 잡고 바동거린다
원래 비탈이었던 가난은 잘 미끄러진다 물길을 낸다 흔쾌
하다 하류가 된다

허공에 놓인 저 사다리
한참 더 내려가야 한다

궤도가 멈추는데

어떤 수태를 기억하는가 야생 쑥 무더기로 쏟아지는 봄,

봄이 미끄러진다

새벽달이 미끄러진다

유령의 딸꾹질

아무리 그래도 증명할 수 없어
애당초 해골은 없어 화장장에서 소비되었거든
살아 있을 때나 해골이 있었지 딸꾹

가장 해골다운 해골을 꿈꾸었는데
하수구도 뚫고 샛골목도 걷고 싶었는데
사유하는 해골이고 싶었는데
한번씩 메아리가 되어 풀렁이기도 하고
한장 편지처럼 누구에겐가 도착하고도 싶었는데 딸꾹

이제 재수 없는 망령이 되어
얼굴도 없고 무릎뼈도 없어
나비의 문을 지킬 수도 없고 가난을 위한 암호도 될 수 없고
제삿밥을 먹으러 갈 수도
염치를 차릴 수도 없어 딸꾹

성실한 해골바가지를 보면
당신은 예언자가 될 텐데
할머니의 할머니들이 가꾼 작은 채소밭을 기억해낼 텐데

밀렵꾼들이 쓰레기통에 버린 모든 역사를 떠올릴 텐데
딸꾹

들어본 적 없는 동네 이름
낯선 엔진들이 덜컹덜컹 휘돌아가고 있네
난 허공이 되어 따라다니는 중
이곳이 화성처럼 아득하네 딸꾹

그러니까 살았을 때
해골답게 사람의 터널을 걸어야 해 딸꾹

근대화슈퍼

천마산 밑 초장동 '근대화슈퍼'가 부산항을 펼치고 있다
근대화, 슈퍼라는 이름이 무색하게
1950년대 점방 그대로다
소주도 팔고 담배도 팔고 감귤도 판다
식용유, 비누, 북어와 번개탄이 거미줄을 치고 기다린다

가난은 이끼 많은 바위처럼 고집 센 가축
희망과 예언은 근대화될 수 없다
거기서 팔리는 것들은 언제나 초월

피란의 역사를 기르는 산동네
늙은 몸집마다 홍역처럼 아직도 부적(符籍)이 피어난다
슬픔은 화석이 되지 않는 것처럼
그림자는 숨는 법을 모르는 것처럼
천마산도 동백꽃도 근대화되긴 글러먹었다

과자 든 네살배기 팔랑팔랑 나비가 되고
막걸리를 사 든 팔순 노인 꾸물꾸물 애벌레가 된다
때 묻은 차양 위에서 미끄러지는 저녁 햇빛의 발

고장난 계량기를 딛고

아득바득 벼랑에 매달린 근대화슈퍼, 형광등을 켠다
푸득푸득 다친 비둘기처럼

기점(起點)

몇만년 지하에서 걷고 걸어
미지의 어둠을 뚫고 불씨들이 도착하고 있다

손님이 아니라 주인이었던 코로나19
속도를 겨냥한 역병신의 사격
유령선 같은 자본을 겨냥한 저들 변이

하루의 크기가 마스크만 해졌다
우주의 크기가 마스크만 해졌다

바이러스들은 혼신을 다해 건방진 종들과 전쟁 중
무엄한 입천장들은 자꾸 무엄해지는 중

팬데믹의 전언은 한마디
가난하자 하루치 양식만 벌어라
불편하자 곰배팔이가 되어라
델타 변이의 당부는 예수님 기도를 닮았다 부처님 속울음
이다

도도새와 흰코뿔소를 돌려주세요 이 별을 살려주세요
넝마주이 자연의 울음을 듣는다

바쁘게 눈물 훔치는 역귀들
반은 폭탄 공장에서 반은 지도 공장에서 일한다
신의 작업복을 입은 채

공범

개똥밭은 언제나 확실했고 바다는 매일 흔들의자였네
모든 거역에는 속도가 있지 몰래 꽃을 피우는 건 불공평
하지 않나

바람의 기침은 오늘도 불안하네 문밖엔 늘 늙은 민들레뿐
이라
내 손엔 없지만 내 그림자가 든 칼은 참 예리하구나

모든 살인과 이 땅의 분단에 나는 책임이 있네
웃음과 축배도 책임져야 하지 스위치만 켜면 불이 들어오
는 소돔성

누가 알았겠나 신이 치매에 걸릴 줄, 저리 앙상한 몰골일
줄, 이빨도 없고 귀도 멀고, 착각도 변덕도 심할 줄, 마른 고
구마처럼 고집만 뻣뻣한 줄, 정말 마른 고구마가 될 줄, 비겁
한 나는 비겁한 지옥을 닮아가네

두려워 말게
우리가 창조한 인공지능이 문법과 윤리를 지켜줄지 몰라

그래도 쿵, 쿵, 쿵
저 고가도로 밑에서 울리는 새의 심장

고고한 대답

법당 마루를 가로지르는 한분 사슴풍뎅이

뿔을 팔(八) 자로 받쳐 들고 투명한 사바를 건너는 중

두고 온 것이 만년설인 듯 두고 갈 것이 지푸라기인 듯

잠잠히 밀고 가는 기억의 빙하들

골똘하다 간절하다 예감한다 믿는다

걸음걸음 아득한 출발이고 순간의 도착이다

한 물음이 걸어간다 한 걸음이 돌아본다

제 4 부

한바퀴

이틀 만에 붙들려 사슬에 묶였다
줄을 끊고 달아났던 백구
풀 죽어 땅바닥에 엎드렸다
비우지 못한 개밥 그릇에 노랑나비가 앉았다
깜박인다
어룽진 눈동자에 미지근한 그늘이 괴는 오후
옆 돌멩이도 깜박인다
흑백영화 속 노란 신호등
깜박, 깜박,
한바퀴가 다시 한바퀴를 꿈꾼다
하늘 끝까지 적막한 발자국 번져가는데

찔레

설악, 겨울 골짝을 걷다 찔레 덧가지를 얻었습니다

별빛에 얼어 낮달에 녹고 눈발에 얼어 저녁놀에 녹으며

풍경을 넘는 붉은 발가락, 억년을 걸었는지 뜨겁습니다

찾아오는 바람인 듯 돌아가는 꿈길인 듯 만해사에 드니

왕말벌 한마리 죽어 법당을 무덤으로 삼고 적막합니다

찔레, 말벌을 만나러 오던 먼먼 눈빛인지 약속이었는지

찬란한 그물에 걸리는 향기, 염주알로 익었습니다

서로에게 한짝 신발이었을 생, 고맙습니다 참 붉습니다

바위는 걷는다

적의는 없었다 불 냄새 나는 바람이 불고
적의가 생겼다 빙하가 녹고
적의를 버렸다 시베리아 들소 뼈들이 드러나고
적의를 주웠다 고독한 바이러스들이 번져간다

바위는 가장 오래된 눈물의 지질층
바위도 배가 고팠다
입을 벌리고 어딘가로 가고 있다
북어처럼 온몸 가득 말라붙은 울음으로

바위는 수억년 걸어 도착했고, 수수억년 걸어갈 참이다

적의를 외면한다 적의를 따라간다 적의를 안아본다 적의
가 출렁인다
가라앉은 배 밑바닥에서 올라온 손들

마주 잡는다
업고 가려는 듯 무릎 구부리는 바위들
바위도 엄마가 그리웠고 티끌처럼 휘날리고 싶었다

무수한 솜털이 자라고 있음을 아무도 눈치채지 못했다
바위가 원래 낙타였음은 어디에도 기록이 없다

제 숨결 목젖 아래로 삼키는 바위
저 까마득한 창자 속에 딱정벌레와 늙은 새벽이 살고 있다
첫날부터 걸어온 낙타들이 부지런히 걷고 또 걷는 중

입을 다문 하늘이 따라 걷는다

청둥호박의 까닭

땅이 되고 싶었다 하늘은 제 앉을 자리 가장 낮은 데로 골랐다

사람을 그리워하는 일이 큰 공부, 부지런히 익혔다

읽고 쓰고 읽고 쓰고, 온몸이 귀가 되었다 황송했다

별빛을 듣고 빗방울을 듣고 땅강아지를 들었다

어미도 되었다가 새끼도 되었다가 배고픈 그림자들 품었다

기다리다 끌어안고 기다리다 끌어안고, 온몸 엉덩이가 되었다

배운 대로 들은 대로 삶도 죽음도 한자리에서 둥그레졌다 누레졌다

아무것도 기다리지 않는 기다림이 천명

금 간 시멘트벽에 기대어 한해 내내 슬픔의 집을 키웠다

펑퍼짐한 신이 내려와 산다 씨앗이 된다

연각(緣覺)

먼지는 뭉치를 만든다 뭉치가 흩어진다
구름은 뭉치를 만든다 뭉치가 흩어진다

혹 박새를 만나러 가는 물고기들의 영혼과 만났는가
당신의 부은 눈을 닮은 그 기도들

바다는 파도를 깃털로 만든다
하늘은 바람을 비늘로 만든다
맨발끼리 만난 수평선에서 구부러지는 달빛
그 고독에 비춰 우리는 매일 버스시간표를 읽는다

뭉치가 흩어진다 깨진 발톱들이 뭉치를 만든다
뭉치가 흩어진다 검은 흉터가 뭉치를 만든다

자본의 돌멩이에 으스러진 바다의 가슴뼈처럼
돌밭에 피어난 흰 도라지꽃처럼
캄캄하여라 눈부셔라
구석구석 돋아난 단칸방들

흩어지며 뭉쳐지며
구르고 달리는 뒤꿈치, 뒤꿈치들
주머니에 받아놓은 쑥갓 씨앗만큼 지극해질 수 있을까
녹슨 닻에 피어난 따개비처럼 무심할 수 있을까

이제 이 모퉁이에 안착한다
모든 기억이 맨발임을, 돌아오는 맨발임을 알았으니
피로한 사랑쯤 이제 괜찮다

한올의 실

산복도로를 걷다 한올 실을 발견했다 올 끝에서 하늘이 미끄러졌다

미끄럼을 따라 빽빽한 지붕들이 심심하게 이어졌다

한올의 골목, 한올의 역사, 한올의 기도가 촘촘히 걸려 있다

바늘쌈지 속 흰 무명실을 닮은 올은 내 생애 곳곳에 들러붙어

돌기 푸른 목소리를 냈다 삶은 방향일 뿐이야 무게도 길이도 아니야

날개도 중력도 없이 다만 부드러운 방향만 보여주는

한올 흰 뱀, 그 눈깔 속에, 그 혓바닥 속에

우주에 매달린 낭떠러지가 보인다 몇억광년 돌계단이 튼튼하다

뭔가를 꿰고 싶었던, 사소한 것을 꿰기에도 좀 짧았던

나 또한 한올의 무(無), 한올의 현기증이었구나

후, 불면 아득하게 날아올라 아득하게 내려앉는 한올 자유

후, 불면 무릎에서 출발했다 무릎에 도착하는 한올 숨결

다만 방향이다

묵은빚

쟁강쟁강, 모내기 끝난 논물에 올챙이 그득하다

햇빛 쿨렁일 때마다 꼬리 흔드는 음표들

몰라도 좋다 앞산 소나무가 허공의 무게를 알아 구불텅 휘어버린 거

알면 좋다 올챙이도 소나무도 한때 내 아비였던 거

이미 알고 있다 보리똥 저 홀로 붉게 익었다 떨어지는 자리

건달 영혼들이 울먹울먹 서성이는 굽잇길

깊은 논물에 가득한 하늘 무한 들이켜며

슬그머니 자리 바꾸던 빛과 그늘들

앞발이 될 거다 뒷다리가 될 거다

해 질 녘 천지에 안개처럼 풀리는 개구리 울음, 묵은빛처럼 넓고 깊다

내 삶은 하마 언젠가부터 그 희미한 배경이었구나

올챙이들이 오래된 내 꿈을 꾼다

서랍엔 영혼이 산다

서랍에서 물이 샌다 야생 사과 익어가는 낡은 서랍
통째로 빼서 뒤집는다 물 구슬 닦아내고
삐걱삐걱 제자리에 끼우면 다시 방울방울 샌다

깜깜했다 어리둥절했다
여섯 식구 단칸방 시절, 늘 책상 밑에서 깨어나곤 했다
감감한 은하에 버려진 듯한 고독
어둠의 두께가 만져지던 그때, 서랍에서 물이 새는 소리
를 들었다
떠나지 못한 영혼들이 많이 아픈가, 잠결을 스치던 희미
한 안부들
다시 까무룩 꿈에 잠겼다 눈을 뜨면
삐쩍 마른 미래가 눈썹 위에 새까맣게 묻어 있었다

가슴팍에서 물이 샌다 야생 사과가 다 물크러졌다
수갑 찼던 천국들 이제 병이 깊었는가
수첩에 기록했던 죄와 벌들 이제 지쳤는가 하염없는 울
혈들
당신이 위대한 종말을 좁쌀처럼 팔고 있을 때, 그때 구매

할 것을
　알아보지 못하고 지나쳤구나
　지옥을 사랑한 적도 없으면서 지옥을 엿보는 건방진 추
상을
　후회한다 죄송하다 서랍을 연다
　벌레 같은 기척으로 하늘을 그리던 손가락들
　까닥까닥 종이배처럼 걸어나오는
　빛과 그림자들, 긴 파도들, 끝없는 길들

　분명 나도 당신도 누군가의 서랍 속에서
　늘 새고 있는 물방울이었으니
　샛강 만들고 있으니, 포구에 닿고 있으니
　기형 거북이처럼 끽끽거리며 광활한 허무를 향하고 있
으니

　저, 우뚝한 공허

신을 창조해놓고도

청개구리 두마리 내 방에 찾아든 날
우기가 시작되고 있었다
죽음은 거미를 닮아 어디서나 집을 짓는 중이다

어쩌자고 저 어린 것들 여기 닿았나
화성 탐사를 하듯 망망대해 우주를 건너
내 방으로 들어선 두마리 초록
등이 선득했다

순수한 초록은 얼마나 날카로운가
들어온 데로 나가겠지, 외면했다 무서웠다
상추도 뜯다가 개밥도 주다가 하루를 지내고
까무라친 한 놈을 모서리에서 발견했다 빗물에 내놓았다
엉금거렸다
괜히 사진첩 들추던 이틀째
한 놈을 찾았다 빗물에 내놓아도 등이 뻣뻣하다

당장 신을 만들었다 신이 필요했다 모래알만 한 기적이
간절했다

기도했다 살려주세요
방 안은 수분 한방울 없는 광막한 사하라
우물을 숨기지 못한 내 영혼이 바삭거린다
죽음은 원래 알몸이어서 어디서나 집을 허물고 만다

치명적인 별을 탐사하고 깊은 은하를 건너간 두 우주인
우기였다 비가 쏟아지고 있었다, 신을 창조해놓고도

나는 또 어느 우주로 돌아갈 것인가
안경 너머가 막막해졌다

후두염

겨울 내내 소리가 갇혔다
지독하게 목쉰 굴참나무

봄볕 쬐고서야 잠겼던 음성이 새어나온다
부은 목청 빠작빠작 앓고서야
이끼 푸른 아우성이 환히 들린다
값싼 필연에 삯을 팔던 어미들 얼마나 먼 구렁을 걸었는가
갯돌 같은 새끼들 어디서 꼬리연을 잃었는가

산동네 골목인 듯 수미산 가는 굽이인 듯
흘깃, 늙은 팽나무 뒷모습을 본 듯도 아닌 듯도 했다
어느 해골이 꾸던 해묵은 꿈을 물려받은 것처럼
알 듯 말 듯 한 마을들이 차례로 열린다

공중전화 옆 붕어빵 수레는 닫힌 날이 더 많았다
붕어 틀 어깻숨, 몰래 들썩인다
낱말과 낱말 속에서 잊힌 것들 품삯이 얼마인가
소리는 절벽이 되었다
한번도 근육질이 되지 못한 꿈

목뼈를 세우고 어둑시근한 길 걸어 걸어

목젖 엉긴 소리는 저만치서 뿌리가 된다
보이지 않는 물방울로 거목을 기른 안개처럼
대지의 물관을 감아 도는 쉰 울림

어느 것도 잊지 않았다 잊지 않으려 목을 앓는다

신단수(神檀樹)

강물은 강물에 닿아 길이 된다 잎맥이 된다
바다는 바다에 닿아 길이 된다 줄기가 된다
산맥은 산맥에 닿아 길이 된다 나이테가 된다
사람은 사람에 닿아 길이 된다 한그루 우주목이 된다
뿌리는 매일 하늘 속으로 길을 낸다

바람을 따라 아무렇지도 않게 회령군 산골짝 노을에 닿고
싶다
오랜만인 듯 낭림산맥 아득령을 넘고 싶다
삐뚤한 사립문 앞에서 주인과 손잡고 싶다
두런두런 담 넘어오는 목소리, 무심히 듣고 싶다

모든 뿌리는 우듬지를 향해 걷는다
내 피톨 속 늙은 동네들 오래 두근거렸으니
동백숲 돌아 산자락 넘는다 거기서 달님에게 절하고
돌우물 돌아 포구에 발 적신다 거기서 용왕을 섬기고
그리운 어깨와 무릎에 닿는다 거기 사원을 짓고
하루하루 젊어지는 신들을 만난다

할아버지의 할아버지가 지도를 그리고
어머니의 어머니가 씨앗을 뿌리고
이제 내 딸의 딸이 안경 너머로 응시하는 내일
신시(神市)가 다시 열린다
내 손주의 손주가 배낭을 메고 걸어갈 우듬지
등뼈가 꼿꼿하다
남과 북, 거대한 한그루 우주목

꿈틀꿈틀 대동여지도, 다시 선명하다

키메라

수신자들이 유리창처럼 덜컹댑니다
발신자들이 골목 외등처럼 기다립니다
긴 꿈입니다
포기했던 사랑이 안부를 전합니다
뿌렸던 눈물들이 내게 부탁합니다
몸은 안부로 되어 있습니다
다신교도의 가면들이 유전인자를 구성합니다
아무도 불러주지 않는 황제도 있고
투구를 쓴 곤충도 살고
끈질긴 슬픔을 지닌 바퀴벌레도 찬란합니다
교잡된 DNA들이 명령합니다
잃어버린 나의 지느러미들이 기도합니다
소멸할 준비를 하라고
이제 발목 없는 바람이 되라고
아마존으로 가서 신의 입에서 태어난 원주민 처녀와 사랑
하라고
    하얀 치자꽃을 키우라고
    새점을 쳐서 점괘를 찾으라고
    발톱 닳은 맨발을 봅니다

꿈을 깨고서야 꿈속의
꿈을 나와 다시 꿈길에 서고서야

훈장

이번 생은 수천 생을 바쳐 받아낸 훈장입니다
아무렇게나 달아도 달각달각
떨리며 풍경(風磬) 소리를 냅니다
진창을 건너온 수천 얼굴이 맴을 돕니다

내가 녹색 바다를 마시던 삼엽충이었음을 압니다
고생대 적막을 떠돌던 홑씨 시절을 기억합니다
어두운 동굴에 닿던 구석기 초승달이 선명합니다
호루스의 눈과 자주 마주치던 이집트 노예였습니다
화산이 가라앉고 바다가 산이 되어도
모든 날에 내 주소는 지금, 여기,
당신이었습니다

쉽게 칠한 에나멜처럼 반짝이지 않습니다
시간의 꽃가루를 털어내면
구릿빛 노을이 드러나는 훈장
이제 경전이 되었습니다 한장 넘길 때마다
일렁이는 당신 그림자
녹처럼 묻어나는 무시무시한 내 심장, 거미줄 총총합니다

긴, 긴, 대책 없는 무지와 가난과 슬픔으로 꿰어낸
안데스 소금기가 밴 이 훈장
한때 내 어머니였던, 언젠가 나의 어머니가 될
당신, 그 쓸쓸함에 달아주고 싶습니다

당신의 가난에 대하여

장은영

뿌리주의

저녁 무렵 부산 영도 흰여울길 어디쯤, 어류의 표면처럼 조각난 빛을 토해내는 바다와 해풍으로 흔들리는 대기를 응시하는 맑고 검은 눈동자를 만나면 김수우 시인이라고 짐작해도 좋다. 혹시라도 시인이 산란된 빛을 머금은 채 눈인사를 건네온다면 그 눈동자를 잠시 들여다보기를. 우연히 들른 흰여울에서 '당신'은 심해처럼 어두운 내면으로 하강하는 이의 눈빛이 어떤 것인지 알게 될 것이다.

첫 시집 이후 슬픔, 가난, 사랑, 생명 등의 시어를 감싸 안으며 사유의 깊이를 서정으로 길어낸 김수우의 시 세계는 여섯번째 시집 『뿌리주의자』에서 비약과 역설의 미학으로 가난을 사유하며 서정의 이행(移行)을 보여준다. 현실을 중심 좌표로 삼고 과거와 미래로 이어지는 시간의 축과 자아와 우주로 나아가는 공간의 축을 세움으로써 시적 상상력을 넓혀가는 시인은 현재에서 유년을 거쳐 먼 과거인 고대의 시간에 다다르는 비약을 감행하기도 하고, 수겁의 방으로 존재하는 자아라는 세계를 벗어나 무한의 공간과 접속하는 초월적 상상으로 나아가기도 한다. 시간과 공간의 축을 크고 넓은 보폭으로 횡단하는 김수우의 시적 상상은 한 개인의 삶을 벗어나 인간의 역사와 그 이전까지를 아우르지만 "지옥을 사랑한 적도 없으면서 지옥을 엿보는 건방진 추상을/후회한다"(「서랍엔 영혼이 산다」)는 결벽에 가까운 자기반성이 말해주듯 어떠한 순간에도 자신의 삶이 처한 구체적인 현실을 발판으로 삼지 않는 경우는 없다. 우연한 발견이나 즉흥적 감각의 돌출보다 삶과 시를 통합하는 사유의 도정에서 산출된 감각으로 위기에 처한 인간의 역사를 심판하는 시인의 목소리에 수긍하게 되는 건 비약과 역설의 상상력에 바탕을 둔 것임에도 그것이 구체적 현실에서 멀어진 적 없는 실천적 사유의 결과물이기 때문이다.

　이 시집의 정신이자 미학적 원리를 상징하는 '뿌리주의'는 "내려가고 내려가면 히말라야 끝자락 수미산에 도착"(「하강」)하는 하강의 역설을 함축한 표현이다. 잠시 지난 시집 『몰락경전』(실천문학사 2016)을 떠올려보자. 무너짐 속에서만 솟아오르는 최종의 언어인 '몰락경전'이 언어를 통해 언어 바깥으로 나가야 도달할 수 있는 시의 역설적 가능성을 일컫는 것이었다면, 삶(생)의 기원으로서 '뿌리'는 현실 바깥으로 나가야 주어질 수 있는 삶의 역설적 가능성을 시사한다. '뿌리'는 삶의 표면을 장악하는 현실의 질서나 체제가 포섭하지 못하는 생(生)의 초월적 힘과 운동에 가깝고, 이것을 옹호하는 '뿌리주의'는 현실에서 가능한 것을 요구하는 합리적 이념과 타협을 넘어선 곳에서 시작되는 믿음으로서 가난하고 병든 현실의 중단을 요청하는 선언이다. 신성(神性)이 몰락하고 욕망의 금기가 사라진 세계에서 혹시 위기에 내몰릴까 두려운 나머지 자신도 모르게 살해와 증오의 '공범'이 되는 위태로운 삶, "바람의 기침은 오늘도 불안하"고 "내 손엔 없지만 내 그림자가 든 칼"(「공범」)이 살의로 번뜩일 때 시인은 하강하는 뿌리처럼 자신의 내면을 파고드는 사유를 행하라고 요청한다. 끝없이 하강하는 사유의 과정에서 우리는 시인과 마찬가지로 솟아오르는 하나의 질문을 만나게 될 것이다. '나'의 뿌리가 마침내 도달해야 하는 삶의 기원은 무엇인가라는 태초의 질문을.

가난에 대한 사유

김수우의 시는 '뿌리주의'를 선언하기 위한 언어인 동시에 합리적 언어로 완성될 수 없는 사유를 담아내기 위한 언어의 미학적 형식이다. 이 글의 대부분은 뿌리주의가 요청

되는 현실을 돌아보고 현실을 중지시키는 실천과 윤리를 되
짚는 데 할애되겠지만 그에 앞서 비약과 역설의 미학을 실
현하는 시도들을 눈여겨볼 필요가 있다.

> 까맣게 잊어버렸던 원시를 발견한다는 건
> 중음천에 당도한 만큼이나 당혹스럽다
> 자세가 비뚤어졌다는 건
> 꼬리뼈가 휘었다는 건
> 걷는 것도 앉는 것도 엉망이었다는 말
> 믿음도 절망도 기다림도 엉터리였다는 말
> 꼬리뼈가 휘어
> 내 책상과 내 도시, 내 혁명도 저리 비틀어졌던가
>
> ──「허리 디스크」 부분

　이 시에서 화자가 경험한 육체적 고통은 퇴화된 "꼬리뼈"
의 존재를 환기하게 된 사건이었다. 그런데 화자는 "까맣게
잊어버렸던 원시를 발견한다는 건/중음천에 당도한 만큼이
나 당혹스"러운 일이었다고 진술한다. 화자가 느낀 당혹스
러움은 원시적 생명으로부터 단절된 현재의 삶이 얼마나 뒤
틀려 있는지 드러난 데에서 연유한다. "꼬리뼈"가 환유하듯
이 길들여지지 않는 생명의 작용이나 현상을 야만이라는 과
거로 내몰아버린 인간의 역사는 진보와 개발이라는 명분으
로 생명을 과학 안에 배치하고 실험 대상으로 간주해왔다.

그러나 과학이 아무리 눈부신 성과를 이룩했다고 해도 꼬리뼈처럼 휘어진 삶의 편향과 기울기를 바로잡지 못하는 한계를 벗어날 길은 없다. 휘어진 꼬리뼈를 지닌 몸으로 바로 서는 일이 불가능하듯이 물질적 성장으로 기울어진 기형적 현실에서 건강한 삶이 유지되기란 불가능한 일이다. 점점 더 비틀리고 휘어지는 삶을 각자의 고통이라 여겨야 하는 병든 현실 이면에서 이미 기울어진 삶의 축을 발견하는 것, 그리고 "내 책상과 내 도시, 내 혁명도 저리 비틀어"져 있을지 모른다는 반성에 도달하는 일은 "원시"를 떠올리는 시간의 도약과 비약적 상상을 통해 가능하다.

시집 전반에서 목격되는 고대의 흔적이 보여주듯이 김수우의 시는 시간의 도약을 미학적 전략으로 삼는다. 전작 시집(『붉은 사하라』, 애지 2005)에서도 "수천년 암벽화 속에서 걸어나온" "무어인 전사"(「전사(戰士)」)처럼 인류의 집단 무의식 한켠에 잠든 고대인과 "3억 8천만년 전 곤충 화석의 꽃가루, 공룡의 등에 비늘 지던 빗방울"(「붉은 사하라」)과 같은 원시적 세계를 발견했던 시인이 현재의 삶에 고대의 시간을 잇대어보는 것은 우연이 아니다. 다만 이번 시집에서 시간의 도약은 이미 균형을 잃은 현실의 위태로움을 드러낸다는 점에서 비판적 의미가 두드러진다. 시간을 도약하는 비약적 상상을 통해 호명된 고대의 신들은 현실에 개입하지 않고 인간의 역사 속에서 뒤틀린 몸과 병든 세계를 응시할 뿐이지만 고대와 현재를 나란히 배치하는 것만으로도 우리의 삶이 기울어진 이유는 선명하게 드러난다.

쓰레기통에서 날아오른 검은 비닐의 춤처럼
자유를 찾아다니는 화살처럼
최초의 얼굴이 도착했다 가난을 업고 온 커다란 고요
바지 자락에 딸려 온 백악기 도꼬마리 씨앗이
먼 길을 보여준다

자기장 밖을 사유하던 그는
늑대와 놀던 시절을 지나
청동 방울에 귀 기울이던 마을을 지나
이젠 당신의 가난을 사유한다
영도 산복도로 플라스틱 텃밭
이끼를 먹고 살던 시베리아 순록이 돌아본다

(⋯)

당신을 사유하던 부활은
딱 당신의 키만큼 날아올랐다 내려앉는다
참새는 구름을 의심하지 않아
돌복숭은 눈물을 시험하지 않아
텃밭엔 가난해야 할 이유들이 뚜벅뚜벅 피어나는구나
몇년 굶은 예언자가 절대 팔지 않은 고독, 저 왕관들

태어났든 태어나지 않았든 길이 멀든 가깝든 분자든 원
자든

가난은
수천수만겹으로 되어 있다
비옥한 고요로 되어 있다
스스로 죽고 스스로 깨어나는 허공, 척추도 없이
당신을 다시 업는다

——「겹」부분

근대 이후의 문명은 진보와 성장을 향한 역사를 전개해
왔지만 그 역사가 성취한 물질적 성장 이면에서는 "수천수
만겹으로" 된 가난 또한 성장해왔다. "검은 비닐"이 날아다
니는 "영도 산복도로"는 진보와 성장의 역사에서 배제된 채
가난으로 구획된 장소이다. "유쾌한 자본주의"(「실,업」)가 쓰
고 버린 플라스틱으로 뒤덮인 곳, 살아 있는 것도 죽어 있는
것도 아닌 영토에서 시인은 시간과 공간을 도약하듯이 자
유롭게 옮겨다니는 "도꼬마리 씨앗"을 발견하고 그것을 좌
표로 시간과 공간의 축을 확장하며 "백악기"를, "자기장 밖"
우주를 한편의 시에 환기해낸다. 한톨의 씨앗에서 무한한
시공간으로 이행하는 비약적 상상은 현실에 갇히지 않은 자
유로운 시 정신을 표출하는 데에서 나아가 우리가 한번도

벗어나지 못한 현실이 하나의 좌표에 불과함을 일깨우는 각성의 효과를 낳는다. 무엇보다 김수우의 비약적 상상이 핍진성마저 획득하는 이유는 그것이 잠깐의 탈현실적 의지가 아니라 현실에 대한 저항을 목표로 삼고 있기 때문이다.

시인이 이곳으로 불러낸 신은 인간을 현실에서 구원하는 전지전능한 존재가 아니라 "가난해야 할 이유들"이 자꾸 자라나는 "텃밭"을 보며 "당신의 가난을 사유"하는 존재로서 등장한다. '그'는 "당신의 가난"에 동정과 연민의 표정을 드러내는 대신 깊은 생각에 잠기는, 인간의 마음을 지닌 신이다. 신이 내려다보듯 교환가치를 잃은 '당신'의 땅, '당신'의 가난을 상징하는 "플라스틱 텃밭"을 보라. 영원히 분해되지 않는 자본주의적 욕망의 잔해들이 퇴적된 불모의 영역을. 그 풍경에서 적나라하게 드러나는 건 욕망과 소유의 균형이 무너진 현실과 그로 인해 깊어지는 가난의 영토이다. 이 시대의 가난은 무엇을 소유하지 못해서가 아니라 욕망과 소유의 균형을 잃은 체제가 분배의 능력을 상실했기 때문에 발생한다. 그러므로 가난은 부의 산술적 규모에 따른 문제가 아니라 균형을 잃은 이 체제가 정의로운지를 묻는 윤리적 문제로 전환될 수밖에 없다.

가난은 김수우가 첫 시집 『길의 길』(시와시학사 1996)에서부터 줄곧 천착해온 주제이기도 하다. 첫 시집에서 시인은 "가난한 사람들 상 위"에 놓인 "마른 멸치처럼 고소하고 짭짤한/시 한편"(「가난한 시」)이 되어야 한다는 의지를 드러내면서 가난이라는 현실을 직접적으로 위로하는 태도를 보였다. 그후 가난에 대한 시인의 태도는 근대 문명과 함께 정착한 자본 체제의 폭력과 생명의 위기를 비판하는 방향으로 이행해왔다. 이번 시집에서도 시인은 문명 비판의 연장선에서 가난을 사유하지만, 비약적 상상을 통해 고대의 시간과 우주적 공간을 환기하며 "마고"(「봉래산 마고」), "천존대왕"(「환멸문(還滅門)」), "해골"(「선생들」)같이 몰락한 신들을 불러냄으로써 우주의 조화를 지켰던 그들의 윤리로 현실의 가난을 심판한다.

위에 인용한 시에서 가난을 사유하는 존재인 '그'를 근대가 파괴한 신들의 총체이자 신이 지배한 시대를 대변하는 자라고 가정해보자. 계몽의 횃불을 든 인간의 시대가 열리자 세계의 바깥으로 밀려난 '그'가 지배했던 세계란 "살아 있는 총체로서 우주"(옥타비오 파스)가 상징하는 질서와 조화의 세계였다. 예컨대 우주의 질서를 따르고자 했던 고대 그리스인들이 신의 이름을 빌려 각자에게 분배된 삶의 몫인 모이라(moira)를 받아들이고 공동체의 삶을 지켰던 것처럼, 모든 존재들의 삶이 균형을 이루는 '그'의 세계에서 모이라의 규범을 깨고 다른 존재들의 영역을 침범하는 것은 우주 전체의 질서를 훼손하는 비윤리적 행위로 간주되었다.* 고

---

* 옥타비오 파스 『활과 리라』, 김은중·김홍근 옮김, 솔출판사 1998, 261~62면 참조.

대인들이 순응했던 모이라는 인간을 주어진 운명에 종속시키는 억압이라는 비판에도 불구하고 공동체 안에서 살아가는 존재에게는 공동체가 부여해야 하는 삶의 몫이 있음을 인정하는 최소한의 정의와 공동체를 조화롭게 지키기 위한 최소한의 윤리를 시사한다. 자본 체제에서는 존재하지 않는 분배의 윤리는 고대인들에게는 살아 있는 존재의 존엄을 지키기 위한 최소한의 생의 윤리였을지도 모른다.

김수우가 영도의 근대화와 함께 버려진 땅에 축적된 가난의 역사를 돌아보며 간파했듯이, 자기초월적 욕망이 비약적으로 팽창(성공)한 자본 체제에서 분배의 윤리는 원시적 삶의 흔적처럼 희미한 벽화로 남았고, 삶의 몫은 경쟁을 통해서만 얻을 수 있는 전리품이 되었다. 그런데 우리가 지금도 목격하고 있는 것처럼 경쟁은 필연적으로 가난한 자를 식별해내고 삶의 몫을 불평등하게 분할한다. 문제는 누군가는 반드시 가난으로 내몰릴 수밖에 없는 이 체제에서 가난(빈곤)은 물질적 결핍과 신체적 고통에서 끝나지 않는다는 점이다. 그 사회가 정한 '정상적인 삶'의 범주로부터 배제되는 데에서 오는 괴로움과 고통, 수치심과 죄의식은 가난이 사회적이고 심리적인 문제임을 나타낸다.[*] 가난은 한 사회의 기준에 따라 달리 정의되는 행복한 삶으로부터 인간을 단

* 지그문트 바우만 『새로운 빈곤』, 이수영 옮김, 천지인 2010, 73면 참조.

절시키고 끝내 영혼마저 파괴한다. 시인이 가난을 사유하며 가난을 생산하는 현실에 대해 질문을 던지는 이유는 이 체제가 언제나 가난한 자들을 만들어내고 인간의 영혼을 파괴하는 시스템이기 때문이다.

잎을 틔운 작물보다 플라스틱이 더 많은 텃밭에서 무언가를 기르고 굽은 손으로 그물을 깁는 영도의 노인들, 그들은 시인으로 하여금 질문을 멈출 수 없게 한다. "가난이 진화하는 방식"(「문어」)을 목격하는 시인은 '시'라는 언어의 미학적 형식을 빌려 가난을 사유하고 가난을 질문한다. 굽은 손으로 만든 그물로는 왜 자기 몫을 건져 올리지 못하는지, 플라스틱으로 뒤덮인 산비탈에서조차 왜 그들의 작은 농사는 금지되어야만 하는지를.

시와 혁명의 근원

자본이 개인의 삶을 규율하는 억압적 체제가 아니라 이용 가능한 도구일 뿐이라고 생각하는 '자본주의 키즈'마저 등장한 오늘날 자본 체제에 대한 비판은 상투적인 제스처처럼 빤해 보이진 않을까? 대안이 없는 비판의 비효율성에 비하면 자율성을 지닌 개인들을 전제로 형성된 시장은 가치 중립적인 효율성을 추구하는 공정하고 합리적인 세계처럼 보인다. "화폐의 제국"(「단추를 달다가」)은 2백년 전보다 더 진

화했고, 앞으로도 그럴 것이라는 믿음은 그 반대의 믿음보다 보편적이다. 그러나 이 제국을 향해 그것이 누구를 위한 것인지, 무엇이 성장하는지, 어떤 목표를 향한 것인지 묻지 않는다면 비현실적이고 지속적이며 관대하고 제약 없는 합리화는 객관적 필연성으로 격상되고 "모든 의심을 '시인이나 소설가 같은 경박한 이들'의 독점적인 영역으로 폄하하는 것으로"* 제국의 걸림돌은 사라진다는 한 철학자의 말을 무심코 지나칠 수는 없을 것 같다. 체제의 '걸림돌'로서 '시인이나 소설가'는 시장경제의 효율성에 종속되지 않는 자이다. 그들은 질문을 멈추지 않는 자를 대표한다. 진보를 향해 발전해온 세계의 위기는 스스로에게 문제 제기를 멈추었기 때문이라고 지적하는 코르넬리우스 카스토리아디스의 말을 참조하면, 아이러니하게도 자본 체제의 위기는 그것을 향한 질문 때문이 아니라 질문하지 않음으로써 초래된 것이다. 제국을 향한 김수우의 질문과 비판은 이런 맥락에서 상투적 비판이라는 혐의를 벗는다. 김수우의 시에서는 제국의 가장자리로 밀려난 모든 존재들이 "부러진 젓가락 같은 질문"이 되어 "오늘도 살아 있냐고"(「변신 이야기」) 묻는다.

질문이 사라진 체제의 위기를 드러낸 「구름의 도시」에서 김수우는 사유의 위기를 상징적 형상으로 보여준다. 자본이

* 앞의 책 212~13면에서 맑스주의 철학자 코르넬리우스 카스토리아디스의 말을 재인용함.

건설한 세계에서 우리는 합리적 선택과 삶의 허무 사이를 하루에도 몇번씩 오가면서 전투처럼 치열한 경쟁을 치르느라 "갑옷 위에 갑옷을 입는다". 이곳은 욕망을 한없이 부풀릴 수는 있으나 삶을 지지하는 뿌리를 내릴 영토가 없는 세계, 무한한 가능성의 공간처럼 보이지만 삶과 세계에 대해 던지는 질문이 어디에도 도착하지 못하고 "모든 물음은 제 꼬리를 물고 답을 뱉는" 자폐적 공간이다. "구름의 도시"에서 우리는 질문을 잃어버리고 "자기 뇌를 먹어치운 멍게처럼 앉아 있"는 생활을 반복한다. 이곳에서 모든 사유는 중단된다. "구름의 도시"가 비유가 아닌 지금의 현실이라는 진단은 김수우가 뿌리주의를 선언하게 된 이유일 것이다.

내 방 안에 또 하나의 방이 있다
참외 장수였던 영혼이 참외를 노랗게 쌓아 올린다
한칸 더 들어가면
우주로 나가는 녹슨 문고리가 보인다
엉겅퀴, 아픈, 아프게 붉은

내 사랑을 시적 장치로 삼지 않고
변명과 핑계를 암탉처럼 기르지 않고
합리를 사악한 헌금처럼 뿌리지 말고
내 절망을 온실에서 키운 튤립으로 팔지 말고
그저 그대로 죽자

(…)

방은 수직도 수평도 아닌 최초의 연민
병든 혁명과 싸우는 데 어떤 이론도 소용없고
찌든 냄비를 닦는 데 낯선 방정식은 필요 없고
소금기 많은 눈물을 기억하는 데 값싼 모방은 독초이니
삶은 어금니와 송곳니로 마시는 맹물이니

—「뿌리주의자」 부분

이 시에서 '나'로 하여금 스스로와 대면하게 만드는 '방'은
반성적 자아를 의미하는 공간적 형상이다. "내 방 안에 또
하나의 방"이란 타협을 허락하지 않는 반성적 자아의 결백
성을 보여주는 셈이다. 반성적 자아가 작동할 때 '나'는 타
협을 위해 필요로 했던 "변명과 핑계" 대신 인간으로서 내
삶의 기원에 대해 사유하기 시작한다. 사유하는 행위에 대
한 형상으로서 '뿌리'를 상상해보라. 발아래 어둠을 향해 자
라는 뿌리처럼 사유는 자아의 내부로 침잠한다. 막막한 어
둠을 헤매는 듯한 사유의 과정을 통해 자아는 마침내 희미
한 출구인 "우주로 나가는 녹슨 문고리"를 발견한다. "녹슨
문고리"는 그 출구가 이미 오래전부터 여기에 존재했음을
말해준다. 이제야 그 출구를 발견했다는 것은 지금까지 '나'
의 사유가 치열하지 못했다는 것, 사유의 힘으로 자아를 넘

어서는 지점에 아직은 도달해보지 못했다는 것을 고백한다.

김수우의 '뿌리주의'는 인간의 근원이나 본질이 존재한다는 근본주의적 믿음과는 거리를 둔다. 「뿌리주의자」에서 말하고 있는 것처럼 '뿌리'란 사유의 운동성을 보여주는 이미지이고, '뿌리주의'는 사유를 통해 자아를 넘어설 수 있다는 믿음을 말한다. 이 믿음은 왜 중요한가? 무엇보다 '뿌리주의'는 체제의 현실 바깥을 상상하게 만드는 사유의 동력이라는 점에서 중요하다. 삶의 기원으로서 '뿌리주의'가 자아로의 유폐가 아니라 자아의 바깥을 향해 분출하는 역설적 힘이라는 점을 이해한다면 이 시집에 등장하는 쿠바의 독립영웅 호세 마르티* 역시 뿌리주의자의 계보에 속한다는 점에 수긍하게 될 것이다. 호세 마르티가 등장하는 시는 「단추를 달다가」 단 한편에 불과하지만 그가 전하는 혁명의 메시

---

* 스페인의 식민지가 된 쿠바의 독립을 위해 싸운 민족 영웅 호세 마르티는 남미의 모데르니스모 운동을 선도하며 현대성을 모색한 개혁적 지성이었으며, 창조적 정신으로 쿠바와 라틴아메리카의 정체성 회복을 노래한 시인이었다. 스페인의 통치를 비판한 이유로 쿠바에서 추방되었지만 어디에서나 쿠바의 독립을 준비했고 다시 쿠바로 돌아가 최후의 독립전쟁에서 전사했다. 김수우는 『호세 마르티 시선집』(글누림 2019)을 번역하고 『호세 마르티 평전』(글누림 2019)을 써서 한국 대중들에게 그를 알렸다. 이들의 운명적 만남은 고독한 영웅의 표정에 이끌린 김수우가 그의 시를 번역하고 평전을 쓴 것에서도 이유를 찾을 수 있지만 그보다 중요한 사실은 대륙과 세기를 달리한 두 시인이 시와 혁명의 공통적 근원을 궁구한 인간이었다는 점이다.

지는 김수우의 '뿌리주의'와 겹쳐진다. 역사 안에서 역사를 다시 시작하고자 했던 그는 현실을 중지시키고 현실 바깥으로 나가기 위해 현실 안으로 들어가고자 했다. 그가 실천한 것은 몰락을 통해서만 도달하는 창조의 역설적 정신이었고, 김수우는 그가 보여준 혁명의 정신을 '뿌리주의'라고 말한다.

혁명은 이미 도달한 세계가 아니라 도달해야 하는 세계라는 점에서 "녹슨 문고리" 너머의 우주처럼 현실 바깥에 있다. '뿌리주의자'는 그것이 도래하기를 기다리며 바깥에 펼쳐진 삶의 가능성을 상상한다. "아무리 뽑아내도 몰래몰래 자라는 혁명"(「고무발가락」)은 현실의 억압으로부터 훼손되지 않은 미래이지만 누구도 경험하지 않은 미래의 혁명은 차라리 믿음에 가까운 것이다. 김수우는 그 믿음의 흔적들을 찾아 기록한다.

할아버지는 흰 대추꽃을 닮았다
어느 결에 피었던가 소문도 없이 꽃자리들, 영글었다

사막 아이들도 대추야자를 물고 놀았다 팔레스타인, 사하라, 그곳 할아버지도 굽이굽이 대추나무를 심었다 메마른 황야에서 대추를 딸 손녀들을 믿었다 심는 것은 믿는 것이다 죽은 뒤에 마주 보는 충실한 약속

대추꽃은 신을 닮았다

　보이지 않는 꽃자리들, 어느 결에 지면서 사람을 믿고
있었나

—「대추꽃」 부분

　척박한 이방의 풍경에서 김수우가 발견한 것은 자신의 삶
바깥을 사유하는 자가 행하는 신성한 의무의 아름다움이다.
죽음을 앞둔 노인은 미래의 존재에게 삶의 가능성을 물려
주기 위해 메마른 사막에 나무를 심는다. 다른 존재의 미래
를 위해 자신의 현재를 바치는 절박하고도 굳건한 믿음, 그
것은 인간을 구원하는 신의 마음과 같은 것이 아닐까. "할아
버지는 흰 대추꽃을 닮았"고 "대추꽃은 신을 닮았다"는 구
절이 말하듯이 김수우에게 신은 자신의 죽음 이후에 지속될
다른 존재의 삶을 염원하는 인간의 마음을 비유한다. 이 비
유를 이해하기 위해 나무를 심은 노인의 마음을 가만히 들
여다보면, 인간의 삶을 지탱하는 뿌리는 타자라는 기원에
다다르고, 타자야말로 내가 자아에서 벗어나 다른 우주로
옮겨갈 수 있는 출구임을 다시금 확인하게 된다.

　복수의 타자를 '당신'이라고 불러도 좋다면, 김수우가 사
유의 시간을 거쳐 마침내 도달하게 된 '당신'은 삶의 기원이
자 우주라고 말할 수 있을 것이다. "화산이 가라앉고 바다가
산이 되어도/모든 날에 내 주소는 지금, 여기,/당신이었습니
다"(「훈장」)라는 시인의 문장을 받아쓰면서 시인을 마주친

흰여울을 떠올려본다. 몰락과 창조의 파장들이 부딪치는 불안한 대기를 응시하던 눈동자에는 자신의 삶과 죽음을 넘어서는 존재인 '당신'이 있음을 이제야 안다.

張恩暎 | 문학평론가

　발원지를 기억할 수 있을까.

　녹슨 칼로 새긴 목판의 오래된 글씨처럼

　어줍은 이상주의자.

　등뼈를 곧추세우려던 공룡 같은 날들, 모두 혁명을 소비

했을 뿐.

　두개골 뒤통수에서 돋는 실뿌리가 저릿저릿하다.

　창틀 위로 차오르는 방울벌레의 울음은

　몇번의 허물을 벗었을까.

　파이고 파인 서사들이 부스럼투성이이지만

　도둑질한 꿈도 언어도 부유하는 비닐처럼 떠돌지만

　뿌리는 안다.

　이상이 현실을 바꾼다는 것을.

　보이지 않는 것들이 보이는 세계를 업고 있다는 것을.

　바람의 대합실에 저녁불이 들어온다.

미얀마의 눈물은 나의 제국주의 때문이다.
한발 내디딜 땅도 바다도
내가 버린 쓰레기로 가득하다.
미안하다.

2021년 11월
김수우

창비시선 466

뿌리주의자

초판 1쇄 발행 / 2021년 11월 12일

지은이 / 김수우
펴낸이 / 강일우
책임편집 / 조용우 박문수
조판 / 박아경
펴낸곳 / (주)창비
등록 / 1986년 8월 5일 제85호
주소 / 10881 경기도 파주시 회동길 184
전화 / 031-955-3333
팩시밀리 / 영업 031-955-3399 편집 031-955-3400
홈페이지 / www.changbi.com
전자우편 / lit@changbi.com

ⓒ 김수우 2021
ISBN 978-89-346-2466-4 03810